P9-AFL-731

# Oliver Button es una nena

# Oliver Button es una nena

Escrito e ilustrado por

Tomie dePaola

everest

Para Flossie

**Dirección editorial:** Raquel López Varela
**Coordinación editorial:** Ana María García Alonso
**Maquetación:** Cristina A. Rejas Manzanera

**Título original:** *Oliver Button is a Sissy*
**Traducción:** Sandra López Varela



TERCERA EDICIÓN


Carretera León-La Coruña, km 5 - LEÓN
ISBN: 978-84-241-8108-6
Depósito legal: LE. 1143-2007
Printed in Spain - Impreso en España

EDITORIAL EVERGRÁFICAS, S. L.
Carretera León-La Coruña, km 5
LEÓN (España)
**www.everest.es**
**Atención al cliente: 902 123 400**

A Oliver Button le llamaban nena.

No le gustaba hacer las cosas que se supone
deberían hacer los chicos.

En cambio, le gustaba pasear por el bosque
y saltar a la comba.

Le gustaba leer libros y pintar cuadros.

Incluso le gustaba jugar con muñecas recortables.

A Oliver Button le gustaba disfrazarse.

Subía al desván y se ponía muchos trajes.

Y empezaba a cantar y a bailar
como si fuera una estrella de cine.

—¡Oliver! —le decía su papá—. ¡Deja de comportarte como una nena! Sal y juega al béisbol, al fútbol o al baloncesto. ¡Cualquier juego de pelota!

Pero a Oliver Button no le gustaba ningún juego de pelota.
No le gustaba porque no era muy bueno jugando.
O se le escapaba el balón o lo sacaba fuera o no corría lo suficiente. Y siempre era el último al que seleccionaban en los equipos.
—¡Vaya! —decía el capitán—. Con Oliver Button en el equipo, perderemos seguro.

—Oliver —decía mamá—. Debes practicar
algún juego. Necesitas hacer ejercicio.
—Ya hago ejercicio, mamá —contestaba Oliver—.
Camino por el bosque, salto a la comba
y me encanta bailar.

—¡Fíjate!

Así que papá y mamá mandaron a Oliver Button
a la escuela de danza de la señorita Leah.

—Aunque sea para que haga un poco de ejercicio
—dijo papá.

A Oliver le compraron un precioso par de brillantes zapatos negros de claqué.

Y empezó a practicar y a practicar.

Pero los chicos, sobre todo los mayores, se burlaban de Oliver Button en el recreo.
—¿De dónde has sacado esos zapatitos tan brillantes, nenita? La la lá, la la lá. ¿No vas a bailar para nosotros?

Y comenzaban a tirarse unos a otros los bonitos zapatos de claqué de Oliver, hasta que una de las chicas agarró uno al vuelo.

—¡Queréis dejar en paz los zapatos de claqué de Oliver Button! —dijeron las chicas—. Toma Oliver, aquí los tienes.

—¡Necesita ayuda de las chicaaaaas! —dijeron los mayores burlándose de él.

Y escribieron bien grande en la pared de la escuela:

OLIVER
BUTTON
ES UNA
NENA.

Casi a diario los chicos se burlaban de él.

Pero Oliver Button asistía cada semana a la escuela de danza de la señorita Leah, y practicaba y practicaba.

Un buen día se convocó un concurso de talentos.
—Oliver —dijo la señorita Leah—, el próximo mes habrá un concurso de talentos en el teatro. Será el domingo por la tarde. Me gustaría que participaras. Le he preguntado a tus padres y me han dicho que si quieres puedes ir.

Oliver Button se puso contentísimo.
La señorita Leah lo ayudó a ensayar su número.
Mamá le hizo un traje.
Y Oliver practicaba y practicaba.

Por fin llegó el viernes antes de la competición.
—Chicos —dijo el profesor—, el domingo por
la tarde habrá un concurso de talentos en el teatro.

Y uno de vuestros compañeros va a actuar. Espero que todos asistáis para animar a Oliver Button.
—¡Es una nena! —murmuraron los chicos.

El domingo por la tarde el teatro estaba repleto de gente. Los participantes fueron actuando uno tras otro.

Había un mago, un músico que tocaba el acordeón, una niña con un bastón volador y una señora que cantaba canciones a la luna, al mes de junio y al amor.

Por fin le llegó el turno a Oliver Button.
El pianista comenzó a tocar y las luces se encendieron.

Oliver Button apareció en escena.

“Du dam dam”, comenzó la música.
“Dubidu dam dam.”
Oliver bailaba y bailaba.

“Dubidu dam dam, dubidubán.”
Oliver hizo una reverencia y el público comenzó a aplaudir y a aplaudir.

Cuando las actuaciones terminaron,
todos los participantes subieron al escenario.

El presentador comenzó a anunciar los premios.

Y ahora, señoras y señores, vamos con el ganador del primer premio, ¡la pequeña ROXIE VALENTINE y su bastón volador!
El público aplaudía y la aclamaba.

Oliver Button intentó contener las lágrimas.

Papá, mamá y la señorita Leah lo abrazaron con ternura.

—No te preocupes —dijo papá—, vamos a llevar a nuestro gran bailarín a comer una enorme pizza. Estoy muy orgulloso de ti.
—Y nosotras también —dijeron mamá y la señorita Leah.

El lunes por la mañana Oliver Button no quería ir al colegio.
—Vamos, vamos, Oliver —dijo mamá—, es una tontería. Venga, tómate el desayuno o llegarás tarde.

Así que Oliver tuvo que ir al colegio.

Cuando sonó el timbre,
Oliver Button fue el último en entrar.

Entonces se fijó en la pared del colegio.

OLIVER
BUTTON
ES UNA
~~NENA.~~
¡ESTRELLA!